LA JALOUSIE
IMPRÉVUE,
COMÉDIE.

Repréſentée, pour la premiere fois , par les Comédiens Italiens ordinaires du Roi, le 16 Juillet 1740.

A

MONSEIGNEUR
LE CHEVALIER
D'ORLÉANS,

GRAND D'ESPAGNE,
GRAND PRIEUR DE FRANCE,
GÉNÉRAL DES GALERES.

*ONSEIGNEUR,*

Je m'étois promis de ne vous rendre un hommage public, que

ã ij

quand je pourrois vous offrir quelqu'Ouvrage remarquable par son
étendue & par sa diction ; mais
j'ai beau former tous les jours
des desirs, ce chef-d'œuvre, que
j'attends de moi-même, n'arrive
point. Pardonnez-moi, MON-
SEIGNEUR, si, dans ses démarches, mon Cœur est plus prompt
que mon Génie, & si le zele qui
m'anime ne peut se contraindre
plus long-tems.

Cependant ce zele, qui vou-
droit parler, cede à un austere devoir. Si, de la part d'un Protec-
teur, l'excès de modestie, & dans
un Auteur, l'incapacité de faire
un digne Eloge, sont des motifs
qui doivent empêcher de l'entre-
prendre, jamais personne n'a été

plus obligé à garder le silence que je le suis ici.

Je me borne donc à l'honneur de vous dire que je suis avec un très-profond respect, & l'attachement le plus fidele & le plus inviolable,

MONSEIGNEUR,

Votre très-humble & très-
obéïssant Serviteur,
F A G A N.

ACTEURS.

M. LISIMON. ⎫
Mde LISIMON. ⎬ Bons Bourgeois.

JULIE, fille de M. & de Madame Lisimon.

LÉLIO, Amant de Julie.

ROSETTE, Servante de M. & de Mde Lisimon.

LA FLEUR, Laquais de Lélio.

UN LAQUAIS.

*La Scene est à Paris dans la Maison de
M. Lisimon.*

LA JALOUSIE
IMPRÉVUE.

***

SCENE PREMIERE.

M. LISIMON, Mde LISIMON, ROSETTE.

M. LISIMON.

OUI, ma femme, je viens de dire fort civilement à Lélio que je le remerciois de ses visites, & que sur les belles nouvelles que j'ai apprises, il n'avoit que faire de songer un moment à ma fille. Comment, diable! Un homme qui court après quatre ou cinq femmes à la fois, qui mene une vie tout-à-fait déréglée & libertine! Non, non, vous dis-je, il n'a que faire de songer un moment à ma fille.

Madame LISIMON.

Peut-être les rapports que l'on vous a

faits, font-ils faux ; mais dans le doute, j'approuve très-fort, mon mari, la réfolution où vous êtes.

M. LISIMON.

Corbleu ! une pareille conduite feroit un bel effet dans un ménage ! Je prétends que ma fille foit auffi heureufe que vous l'êtes, Madame. Depuis vingt-deux ans que nous vivons enfemble, jamais je ne vous ai donné fujet de vous plaindre un moment de mes galanteries. Auffi, de votre côté, jamais la moindre allarme, pas le moindre foupçon. On ne m'a point vu courir après les Belles, on ne vous a point vu attirer les Galans : & fi quelqu'un à Paris peut fe vanter d'avoir une femme fidelle, c'eft fans doute moi, Madame.

Madame LISIMON.

Vous avez bien raifon, & je ne crois pas devoir en tirer vanité.

M. LISIMON.

A la moindre infidélité, je penfe que je fuffe mort de chagrin. Ah ! çà, je fors un inftant. Dites deux mots à votre fille à ce fujet, & donnez de fi bons ordres ici, que Lélio n'y paroiffe pas davantage.

ROSETTE.

Par ma foi, voilà d'étranges chofes !

Quels font donc ces beaux rapports que l'on vous a faits ? Il mene une vie libre & agréable ; faut-il donc qu'à fon âge il fe conduife comme un Caton ? Il court après quatre ou cinq femmes à la fois, eh ! bien, il ne les attrape pas toutes apparemment.

M. LISIMON.

Mais voyez un peu quel ton prend cette fille ; & de quoi diable elle fe mêle !

Madame LISIMON, *à Rofette.*

Taifez-vous ; allez, Monfieur, je prendrai de fi bonnes mefures, qu'il ne fera plus queftion de lui ici. Je ne veux pas même que de fa part, on reçoive le moindre meffage, & fi j'apprends...... C'eft à vous plus qu'à perfonne à qui je veux parler, Mademoifelle Rofette.

Monfieur Lifimon fort, & Madame Lifimon rentre chez elle.

A v

SCENE II.

ROSETTE, *seule.*

JE vous entends; mais je ne vous pro-
mets pas de vous obéir. N'est-ce pas
une chose honteuse, que sur des rapports
en l'air, on donne ainsi le congé à l'A-
mant le plus tendre ! Il faut que Lélio ait
quelques ennemis secrets. Il ne paroit
pourtant pas les mériter; & je veux.....

SCENE III.

JULIE, ROSETTE.

JULIE.

AH ! Rosette, je m'échappe un moment pour te demander ce qui se
passe ici. Assurément : il y a quelque
chose.

ROSETTE.

Vous avez souvent oui dire que, dans le
monde, tout étoit sujet à des révolutions;

que de tems en tems on voyoit fur la
terre...... on voyoit mille chofes éton-
nantes.

JULIE.

Eh ! bien, oui. Tu me fais frémir.

ROSETTE.

Imaginez - vous...... ce qui pouvoit
arriver de plus terrible.

JULIE.

Ciel ! Je t'entends.

ROSETTE.

Qu'eft-ce que c'eft ?

JULIE.

Mon mariage eft rompu.

ROSETTE.

Vous l'avez deviné. On ne veut pas
voir ici Lélio davantage.

JULIE.

Ah ! Que me dis-tu, Rofette ?

ROSETTE.

Telle eft la volonté de M. Lifimon.
Cependant il ne faut pas perdre courage.
Il eft àpropos que votre mere ne s'apperçoive point du chagrin que cette rupture
vous caufe. Je ferai de mon côté de mon
mieux, pour adoucir vos malheurs.

JULIE.

Et pour quelle raison mon pere……

ROSETTE.

Sur un rapport qu'on lui a fait ; il juge
que Lélio eſt un libertin.

JULIE.

Lélio libertin ! Ah ! Roſette, quelle
injuſtice ! Il m'a toujours inſtruite de toutes ſes démarches, de tous ſes ſentimens,
de toutes ſes penſées.

ROSETTE.

Vous devez l'en croire. Sur le chapitre
des bonnes fortunes, nos Amans n'ont pas
le défaut d'être diſſimulés.

JULIE.

J'entends quelqu'un. Ne m'abandonne
pas, Roſette. Toute mon eſpérance eſt
en toi …. Eſt-il un cœur plus à plaindre que le mien ?

(Elle rentre.)

SCENE IV.

ROSETTE, LA FLEUR.

ROSETTE.

NE vois-je pas la Fleur?

LA FLEUR.

C'est vous tout juste que je cherche, Mademoiselle Rosette.

ROSETTE.

Qu'a-t-il donc? Eh! à quoi penses-tu, de venir ici dans l'état où tu es?

LA FLEUR.

Dans quel état, s'il vous plaît?

ROSETTE.

Ivre, à ne pouvoir te soutenir.

LA FLEUR.

Cela n'est pas vrai.

(il fait un hoquet.)

ROSETTE.

Quoi! Tu oses dire que tu n'as pas bû?

LA FLEUR.

Oui. J'ai bû, mais j'ai eu mes raisons pour cela.

ROSETTE.

Oh ! Ces raiſons-là ſont très-bonnes.... Lélio t'envoye ſans doute. Pour quel ſujet ?

LA FLEUR.

Allons doucement, je vous en prie.

ROSETTE.

Il faut avouer qu'en toutes choſes, Lélio eſt traité bien injuſtement ! Dans les cir-conſtances où il ſe trouve, il charge d'une commiſſion un miſérable qui s'enivre en chemin !

LA FLEUR.

Miſerable ! Mademoiſelle, je ne bois pas ordinairement ; mais j'aime mon Maî-tre. Et quand j'ai ſçu toutes les vilainies.... le traitement indigne & in..... ſupporta-ble qu'on lui faiſoit, le cœur me manquoit, entendez - vous bien ?

ROSETTE.

Allons, dis - moi de quoi il s'agit.

LA FLEUR.

Il s'agit d'un billet que mon Maître en-voye à Julie.

ROSETTE.

Eh ! donne - le moi donc.

LA FLEUR.

Point du tout. Je l'avois mis dans ma

poche. Je l'ai enfuite pofé fur une table, & je me doute..... & je me fouviens fort bien que je ne l'ai pas remis dans ma poche.

ROSETTE.

Quelle patience il faut avoir !

LA FLEUR, *parlant très-haut.*

Tien.....

ROSETTE.

Mais veux-tu bien te taire. Si Madame fçait que tu es venu ici, elle ne me le pardonnera pas, & elle aura raifon de fe plaindre.

LA FLEUR, *riant en ivrogne.*

Les fautes des ivrognes font toujours heureufes. Il y avoit apparemment dans ce billet-là quelque chofe qui auroit fait tort à mon Maître. Cela devoit être dès le commencement des fiécles.

ROSETTE.

Va-t-en, c'eft tout ce que je te demande.

LA FLEUR.

Ch! je veux pourtant rapporter le billet.

ROSETTE.

Il vaut encore mieux ne le point rapporter. Ne parois point.

LA FLEUR.

Non, non, il faut toujours faire son devoir.

ROSETTE.

Mon cher la Fleur, si tu es capable de quelque attention dans l'ivresse où tu es, retire-toi sans bruit, je t'en conjure.

LA FLEUR.

Adieu donc, Rosette.

ROSETTE, *le poussant.*

Oui. Adieu, mon ami..... Je tremble qu'on ne l'apperçoive.

(Madame Lisimon paroît.)

LA FLEUR, *qui est prêt à sortir.*

Oh! oh! oh! Voilà qui est plaisant! Je le retrouve heureusement dans ma poche, ce billet. Oh! oh! oh!

ROSETTE.

Fort bien. Crie encore plus fort. *(lui arrachant le billet.)* Donne donc vîte, malheureux. *(appercevant Madame Lisimon.)*

(La Fleur sort.)

Eh! bien, ne voilà-t-il pas ce que j'avois craint? Elle nous surprend. Je suis perdue. Que lui dirai-je? .... En vérité, je ne sçais.

S C E N E V.

Madame LISIMON, ROSETTE.

Madame L I S I M O N.

QU'eſt-ce donc? Ce garçon eſt à Lélio, & vous recevez ſecrettement une Lettre?

R O S E T T E.

(*à part.*) Voyons. Payons d'effronterie. Plaît-il, Madame?

Madame L I S I M O N.

Quoi! voulez-vous ſoutenir le contraire?

R O S E T T E.

Moi! ſoutenir le contraire! Et pourquoi, Madame? On m'a dit que c'étoit à vous à qui elle s'adreſſoit.

Madame L I S I M O N.

A moi?

R O S E T T E.

Aſſurément.

Madame L I S I M O N.

Mais, ſi c'eſt à moi, pourquoi ne m'avoir pas fait parler? Au ſurplus, dès que mon mari s'eſt expliqué, je me fais gloire d'obéir aveuglément, & je n'ai plus de juftification à recevoir de la part de Lélio.

ROSETTE.

Je ne fçais que vous dire, Madame. Vous vous faites gloire d'obéir : cela eft très-vertueux.... Mais auffi, tant fe glorifier de fa vertu.... Je m'en vais, car je fens que je dirois quelque chofe de mal-à-propos.

(Elle rentre.)

SCENE VI.

Madame LISIMON, *feule.*

ELle eft toute déconcertée. Quoi! après la défenfe que j'ai faite, il feroit poffible?..... (*Elle ouvre le billet.*) Cela n'eft pas douteux, c'eft un billet à ma fille.

SCENE VII.

M. & Madame LISIMON.

M. LISIMON, *sans voir sa femme.*

CE qu'on m'avoit dit vient de m'être confirmé, & l'on a ajouté bien d'autres choses. Jusqu'où l'imagination d'un libertin porte-t-elle le déréglement! Cela est inconcevable. Mais ma parole est engagée à un autre. Songeons à présent à assurer, dans mon domestique, les ordres que j'ai déjà donnés. Ah! ma chere femme.

Madame LISIMON.

Si vous voulez mettre quelque nouvel ordre dans votre domestique, commencez, Monsieur Lisimon, par renvoyer une coquine de Servante qui reçoit un billet de Lélio pour ma fille, & qui croit en être quitte, en me disant grossierement qu'on le lui a donné pour moi.

M. LISIMON.

Elle reçoit un billet pour ma fille, & elle dit qu'on le lui a donné pour vous? Ah!

l'impertinente! Voyons donc. Un billet amoureux, sans doute?

Madame L I S I M O N.

Vous pouvez bien le croire.

M. L I S I M O N.

Mais voilà une grande audace! La coquine!

Madame L I S I M O N.

Lisez. On n'a jamais vu désobéir & mentir avec plus de hardiesse.

M. L I S I M O N.

Voyons, voyons un peu le style de ce Monsieur.

Madame L I S I M O N.

Lisez.

M. L I S I M O N, *lisant.*

Seriez-vous complice du coup mortel que l'on me porte aujourd'hui, & croiriez-vous ce que l'on débite sur mon compte? Non, à votre âge, & de l'heureux naturel dont vous êtes, on a un sentiment pur qui ne sçait point juger faussement. Songez quelle doit être ma douleur! Quel moyen employerai-je à présent pour vous voir? Celui de qui vous dépendez a eu long-tems de moi une opinion qui m'étoit bien favorable. Faut-il que de malheureux discours m'ayent noirci! Moi, aimer toutes

les femmes ! *Toutes me font indifférentes.*
Une feule m'eft chere, mais fi chere . . . . que
je mourrai plutôt que de l'oublier, & que je
mériterai fa tendreffe en dépit des jaloux.

Madame LISIMON.

Il ne l'oubliera pas ! Je doute fort que
cette grande réfolution, qu'il fait paroître,
lui réuffiffe.

M. LISIMON.

Mais . . . . . .

Madame LISIMON.

Quoi ?

M. LISIMON.

Elle vous a dit que c'étoit à vous ?

Madame LISIMON.

Oui , vous dis-je : elle a eu cette effronterie.

M. LISIMON , *après avoir lu.*

De quel coup fuis-je frappé !

Madame LISIMON.

Comment ?

M. LISIMON.

Plus je relis . . . .

Madame LISIMON.

Que voulez-vous dire ?

M. LISIMON.

Comment, diable ! il faut s'attendre à tout de la part d'un libertin.

Madame LISIMON.

Mais qu'eft-ce donc ?

M. LISIMON.

Jaloux : une feule m'eft chere. Une femme. Une feule femme. Jaloux. En dépit des ja-loux.

Madame LISIMON.

Mais je crois que vous extravaguez.

M. LISIMON.

Seriez-vous complice ? Jaloux. Celui de qui vous dépendez. Une femme. Je mériterai fa tendreffe.... Je n'y vois plus de doute. Le fens eft clair par-tout, & c'eft à vous, Madame.

Madame LISIMON.

O Ciel ! Mais vous extravaguez, vous dis-je.

M. LISIMON.

Eh ! doucement, Madame, je vous en prie.

Madame LISIMON.

Mais l'on riroit, fi l'on fçavoit.... Quoi ! moi ?...

M. LISIMON.

Il n'y a point à rire. On vous dit que c'est un déterminé à l'égard des femmes.

Madame LISIMON.

Mais, en bonne foi, se trouve-t-il là un seul mot qui puisse me convenir.

M. LISIMON.

Tout, Madame, tout. Tout .... Ouf! Tâchons de calmer nos sens.

Madame LISIMON.

Quoi! vous tomberiez dans une erreur pareille. *Jaloux*, c'est-à-dire, ceux qui m'ont noirci. *Une femme*, c'est un mot général.

M. LISIMON.

Eh! je suis votre serviteur. Le voulez-vous défendre? Cela seroit fort, Madame. Encore une fois, je vois bien ce que je vois ..... Allons, c'est une chose décidée. Il n'y a point d'équivoque, Madame Lisimon.

Madame LISIMON.

Mais, en vérité ..... D'équivoque? & où seroit-elle? & non assurément il n'y en a point. D'un bout à l'autre cela se rapporte, cela va de suite, Monsieur Lisimon.

M. LISIMON.

Cela va de suite ! Eh ! aſſurément. *Seriez-vous complice ? Penſeriez-vous comme votre mari ? Du coup mortel.* Oui, de ce que votre mari m'a défendu de paroître. *Celui de qui vous dépendez.* Votre mari. *A eu long-tems de moi une opinion qui m'étoit bien favorable.* Sans doute. Je croyois bonnement que c'étoit à ma fille à qui il en vouloit. *Quel moyen employerai-je à préſent pour vous voir ?* Le voilà embarraſſé. Cela lui étoit commode. C'étoit un prétexte. Avec une femme mariée, on ne va pas comme cela ſans précaution. *De malheureux diſcours.* Il les trouve malheureux. *Une ſeule m'eſt chere.* Une ſeule femme ; vous, Madame Liſimon. *Une ſeule m'eſt chere, en dépit des jaloux.* En dépit de Monſieur Liſimon votre mari. Je ne ſçais pas ſi je rêve, mais cela me paroît ſans obſcurité. Je ne ſuis pas aſſurément jaloux de ma fille.

Madame LISIMON.

Mais quel égarement ! Pourquoi cherchez-vous à vous aveugler vous-même ? Quand ces mots ſeroient ▪▪▪▪teux, je le ſuppoſe, n'y en a-t-il pas d'autres qui abſolument ne peuvent pas me regarder ? *A votre âge,* par exemple.

M.

M. LISIMON.

Cessez. Ce seroit trop, vous dis-je,
de vouloir le défendre.

Madame LISIMON.

A votre âge, on a un sentiment pur.

M. LISIMON.

Ah ! laissez-moi respirer.

Madame LISIMON,

M'écriroit-il de la sorte !

M. LISIMON.

Le fait est avéré.

Madame LISIMON, *s'emportant un peu.*

A votre âge : encore une fois. *A votre*
âge.

M. LISIMON.

Eh ! c'est une faute. C'est une faute qui
s'est glissée.

Madame LISIMON.

Quelle prévention !

M. LISIMON.

Mais que dis-je, une faute ? *A votre*
âge. Eh ! vraiment non. Ce n'est point
une faute.

Madame LISIMON.

Que voulez-vous dire ?

M. LISIMON.

A votre âge, & de l'heureux naturel
Tome III.   B

dont vous êtes, on a un sentiment pur qui ne sçait point juger faussement. Eh! bien, oui, sans doute. A votre âge & du caractere dont vous êtes, on a assez d'expérience pour ne point juger faussement. Sans doute. Pensez-vous que l'on doive faire plus de cas du jugement de votre fille, que du vôtre?

Madame LISIMON.

En vérité.....

M. LISIMON.

Eh! comment donc, Madame? Avec quelle confiance? .... Comment! De la dissimulation! De l'obstination à le dé-fendre!

Madame LISIMON.

Mais, cessez donc.....

M. LISIMON.

Par conséquent, il y a eu de l'intelli-gence, & plusieurs mots le découvrent.

Madame LISIMON.

Il n'est pas croyable que vous tombiez dans cette erreur. Cessez donc, je vous prie.

M. LISIMON.

Après vingt-deux ans de fidélité! Qui l'auroit pû penser! O ciel! Dans l'état où je suis.....

Madame L I S I M O N.

Eh! Arrêtez donc, Monsieur Lisimon.
Vous allez vous faire mal.

M. L I S I M O N.

Eh! morbleu, Madame, vous me faites bien plus de mal que je ne puis jamais
m'en faire.

Madame L I S I M O N.

Quelle imagination! quelle fatalité! Je
n'en puis plus.

M. L I S I M O N.

Je ne sçais que dire, ni que résoudre
Tâchons de rappeller nos sens. Retirons-
nous, & voyons quel parti nous aurons à
prendre.

S C E N E   V I I I.

Madame LISIMON, *seule.*

SOn esprit est frappé. Que vais-je
devenir? Que je suis malheureuse!
Comment le guérirai-je de cette fréné-
sie?

B ij

S C E N E IX.

LÉLIO, Madame LISIMON.

Madame L I S I M O N.

MAis que vois-je?

L É L I O.

Pardonnez si je me suis introduit.....

Madame L I S I M O N.

Hola ! quelqu'un. Sortez. Sortez donc, Monsieur.

L É L I O.

J'attendois que vous fussiez seule.....,

Madame L I S I M O N.

Ciel! sortez donc, vous dis-je. Ne viendra-t-on point?

L É L I O.

Madame.....

Madame L I S I M O N.

Il y a, vous dis-je, une conséquence infinie. Sortez donc.....

L É L I O, *se mettant à genoux.*

Eh! Madame!.....

Madame **LISIMON.**

A mes genoux ! Miséricorde !

(*Elle s'enfuit.*)

SCENE X.

LÉLIO, *seul.*

QUelle est cette réception ! J'avois pris la résolution de venir me justi-fier. J'espérois que cette femme, en qui j'ai toujours reconnu de la raison, pour-roit revenir des préjugés désavantageux qu'on lui a inspirés contre moi : elle fuit ; elle craint de m'envisager. Elle me reçoit avec un trouble dont il ne m'est pas pos-sible de démêler la cause.

SCENE XI.

ROSETTE, LÉLIO.

ROSETTE, *sans voir Lélio.*

Voilà Monsieur Lisimon terrible-
ment intrigué ! Puisqu'il faut que
je sorte, je ne suis pas fâchée d'une pareille aventure, & du moins, cela me
satisfait.

LÉLIO.

Rosette : ne peux-tu me dire ?....

ROSETTE.

Eh ! Monsieur, c'est vous ? Quels sont
donc les beaux bruits que l'on se plaît à
répandre sur votre compte ?

LÉLIO.

Tu peux bien t'en douter. C'est une
calomnie grossiere, & il faut être d'une cré-
dulité bien étrange, pour ajouter foi à
de pareils discours.

ROSETTE.

Eh ! qui vous rend donc ces services
dans le monde ?

LÉLIO.

Une femme qui croit que l'on ne doit soupirer que pour elle. Quand ma passion pour Julie s'est déclarée, il n'est rien qu'elle n'ait inventé pour me décrier & pour me perdre. Mais, dis-moi, je t'en conjure, n'as-tu pas reçu un billet?....

ROSETTE.

Oui, Monsieur, je l'ai reçu. Je pense bien que votre Valet n'aura pas été en état de vous aller rendre compte de son Ambassade. L'ivresse l'a surpris. Il a paru ici en désordre. Le billet est tombé dans les mains de Madame Lisimon......

LÉLIO.

Quoi! c'est de la sorte?....

ROSETTE.

Enfin, vos affaires qui alloient déjà fort mal, par-là sont entierement perdues.

LÉLIO.

Le malheureux! Ah! toute ma colere va s'épuiser sur lui!

ROSETTE.

Tenez, Monsieur, il ne faut point se flatter, je vois que vous espérez encore; mais en vérité cette espérance est bien inutile.

B iv

LÉLIO

A quelle extrêmité fuis-je réduit !

ROSETTE.

Ecoutez. Je n'avois que faire à tout cela, moi : cependant je fuis renvoyée par rapport à ce billet. Dans ma petite sphere, je me trouve tout auffi à plaindre que vous , puifque je vais perdre une condition qui eft très-bonne. L'indignation me fait naître une idée qui vous vengeroit, fi vous vouliez ; & que, par équité pour moi, vous devriez adopter, puifque cela me juftifieroit.

LÉLIO.

Comment ?

ROSETTE.

D'abord , il faut vous défaire d'une fincérité trop fcrupuleufe.

LÉLIO.

Moi !

ROSETTE.

Sans doute. Tel que vous étes ; rien ne vous réuffit : devenez un peu fourbe, un peu traître, vous vous en trouverez mieux.

LÉLIO,

La reffource eft fort bonne.

ROSETTE.

J'en essayerois.

LÉLIO.

Va. Laisse-moi. Je suis né plus malheureux que bien d'autres; & je deviendrois le plus grand coquin du monde, que je n'en serois pas plus considéré.

ROSETTE.

Enfin, réduit comme vous l'êtes à ne plus voir Julie; ce que j'imagine pourroit..... que sçait-on?..... Vous pourriez embarrasser ceux qui vous font injustice d'une façon qui vous seroit utile. Il faut chercher à les intimider, quand ce seroit même par des raisons plus spécieuses que solides.

LÉLIO.

Tu penses..... Quelle est donc cette idée?

ROSETTE.

Sçachez que Monsieur Lisimon s'est avisé de croire..... Je l'entends. Sauvezvous. Mettez-vous à l'écart. Dans un moment je m'en vais vous rejoindre.

B v

SCENE XII.

M. LISIMON, ROSETTE.

M. LISIMON.

IL faut examiner ceci avec attention. Sûrement il y a de l'intelligence. Quel dérangement affreux ! Une femme que je croyois raisonnable, & qui devroit l'être. Approche, & parle.

ROSETTE.

J'ai reçu mon congé. Je ne parle plus.

M. LISIMON.

Il est bien certain que c'est pour ma femme, que tu as reçu ce billet ?

ROSETTE.

Je ne sçais point faire de sermens. Ce que j'ai dit, on peut le croire, si l'on veut.

M. LISIMON.

Mais je prétends . . . . .

ROSETTE.

Je n'ai rien à dire. Dès que l'on me renvoye, ce n'est plus mon plaisir de rendre aucun compte.

(Elle sort.)

SCENE XIII.

M. LISIMON, *seul.*

JE l'entends affez fans qu'elle parle.
Elle ne veut pas fe rendre accufatrice
de fa Maîtreffe. Je vais faire un terrible
éclat de cette affaire ; & la réputation dont
Madame Lifimon jouiffoit tranquille-
ment, va être fuivie de tourmens, de
troubles & de mépris bien fanglans. Je
lui ai dit de fe rendre ici. La voilà. Je
me fens tout faifi, en la voyant.

SCENE XIV.

M. & Madame LISIMON,
qui approche en tremblant.

M. LISIMON.

AH! çà, Madame. Point de dégui-
sement. Ceci est sérieux. Il faut voir
quelles mesures nous aurons à prendre.

Madame LISIMON.

Je ne m'affligerois point, Monsieur,
& assurément je n'en aurois nul sujet, si je
ne sçavois pas qu'une fantaisie pareille à la
vôtre peut frapper l'esprit de l'homme
le plus sage; & si cette fantaisie n'étoit pas
capable de troubler votre repos & le
mien. Vous m'êtes cher, je croyois vous
être chere aussi.....

M. LISIMON.

Discours séducteurs que tout cela. Il ne
s'agit point dans ce moment, Madame,
de chercher à nous attendrir.

Madame LISIMON.

Quoi! vous voulez me réduire à me

juftifier fur de pareilles chofes ? Eft-il bienféant à vous de me foupçonner de la forte ? Songez donc combien il y a de tems que je vous fuis fidelle ; fongez à ma tendreffe, aux foins continuels que je vous ai rendus.

M. L I S I M O N.

Eh ! le paffé ne fait rien au préfent, Madame. Toutes ces belles apparences ne m'en impofent pas. Je ne fais point d'attention à ce que vous me dites. Tous les jours les pauvres maris fe trouvent attrappés de la forte, les uns plutôt, les autres plus tard. Enfin mon heure étoit venue !..... Oh ! que cela eft dur à fupporter, Madame ! Plus j'ai compté fur votre fidélité, plus l'évenement en queftion m'eft fenfible. Je vous déclare, oui, je vous déclare que je vais me féparer d'avec vous. En un mot, Madame, il eft certain que l'on vous aime, & l'on n'a pas pû vous aimer fans que vous en foyez inftruite. Parlez. Quand tout cela a-t-il commencé ? Quel effet cela fit-il fur vous, quand cela commença ? Comment s'y eft-on pris pour vous le déclarer ? Où étois-je ce jour-là ? A quoi penfois-je ? Quelle phyfionomie avois-je ? Voilà, voilà fur quoi il s'agit de répondre.

Madame L I S I M O N.

Si l'on m'aimoit, si l'on me préféroit à ma fille, cela me paroîtroit un caprice bien singulier; mais en tout cas, Monsieur, ce que j'ai à répondre, c'est que je n'en ai jamais rien sçu, & que par conséquent je ne suis pas coupable.

M. L I S I M O N.

Eh! c'est vous faire croire coupable autant que l'on peut l'être, que de persister dans cette dissimulation; car il n'est pas possible ..... Le billet ne prouve-t-il pas de l'intelligence? ..... Est-il vraisemblable? ..... Oh! qu'un pareil examen est mortifiant! ma femme, ma chere femme, je veux croire que j'en ai eu tout le chagrin que j'en dois avoir, & que le traître n'osera jamais se présenter devant vous; mais, ma mie, avouez-moi....la.... avouez-moi ce qui en est.

Madame L I S I M O N.

Quoi! vous continuerez à me faire des questions aussi cruelles?

M. L I S I M O N.

Faut-il qu'un semblable libertin se soit introduit chez moi! (*a part.*) Voyons „ tâchons de l'aider à m'éclaircir la chose.

(*haut.*) Ah ! çà, ma femme. Quand il venoit, par exemple, il vous falloit des politesses, & vous les receviez ?

Madame L I S I M O N.

Je les recevois, parce que je n'imaginois pas que je dusse faire autrement avec un homme destiné à ma fille. Depuis votre soupçon, j'ai agi différemment.

M. L I S I M O N.

Depuis ?.....

Madame L I S I M O N.

Oui, il est venu, & j'ai eu l'attention de ne pas demeurer un instant avec lui.

M. L I S I M O N.

Il est venu ?

Madame L I S I M O N.

Eh ! oui, vous dis-je !

M. L I S I M O N.

Aujourd'hui ?

Madame L I S I M O N.

Il n'y a qu'un moment.

M. L I S I M O N.

Mais il faut que cet homme-là soit bien enragé, bien endiablé contre moi !

Madame L I S I M O N.

Et quel inconvénient ?..... Il ignoroit le tourment qui m'accable.

M. LISIMON, *se jettant dans un fauteuil.*

Il est venu !..... Le traître à juré ma perte. L'imposteur ! le scélérat ! que je le hais ! que je hais son cœur corrompu !..... Je sacrifierois plutôt ma vie que de lui accorder ma fille ; faudra - t - il que je le voye m'enlever ma femme ?

Madame LISIMON.

Je ne suis pas plus disposée en sa faveur que vous ; mais c'est de quoi il n'est pas aisé de vous convaincre.

M. LISIMON, *vivement.*

Il est venu ! Il falloit m'avertir sur le champ. Il falloit lui dire, que si jamais il étoit assez hardi..... Mais non ; à quoi pensé - je ? Je me trompe. En lui défendant de paroître, il apprendra que je suis jaloux. Il se vantera des progrès qu'il a faits sur votre cœur. Il cherchera par-tout à vous voir. Ce sera une ombre attachée à vos pas. Sa fureur ne fera que s'irriter. Vous - même le trouverez à plaindre. Non, non, Madame, s'il vous plaît. Ce n'est pas cela. Le véritable expédient ne s'est pas d'abord présenté à mon esprit. Excusez, c'est faute d'usage ; je ne suis pas encore trop au fait de la conduite que doit avoir un mari maltraité. Ecoutez-moi.

Madame **L I S I M O N.**

Parlez, Monsieur.

M. L I S I M O N.

Je crois qu'il vaut mieux......Ouï,
sans doute, il vaut mieux le recevoir ;
ne lui point dire que je sçais ses pourfuites ;
& même lui faire entendre que, quand je
les sçaurois, je ne m'en embarrafferois
guéres. Mais je vous ordonne de lui marquer tout le mépris que vous pourrez imaginer ; de lui déclarer hautement que vous
le haïffez ; que vous le déteftez ; que vous
ne voyez rien en lui qui vous plaife ; que
vous êtes bien éloignée d'être fenfible
pour un homme comme lui, & que fi
vous avez quelqu'un à aimer, c'eft votre
mari qui eft un homme d'honneur.

Madame **L I S I M O N.**

Je tâcherai de vous obéir, Monfieur.

M. L I S I M O N.

Je compte que cela fera exécuté. Vous
ne devez point vous faire une peine de le
maltraiter de la forte, puifque vous pré-
tendez être fi peu coupable. Nous verrons
par-là, fi en effet vous ne l'êtes pas.
Nous verrons ce que cela deviendra. Je
ne vous en dis pas davantage. Hom. Hom.

(*Il rentre.*)

SCENE XV.

Madame LISIMON, *seule.*

JE confens à tout devant lui, pour tâ-
cher de l'adoucir : mais comme je fuis
bien fûre que tout ceci eft une chimere,
je me garderai bien de rien faire connoître
à perfonne d'une imagination auffi ridicule.
Je n'ai nulle envie de recevoir Lélio, &
je prendrai le parti de demeurer tran-
quille. Il y a apparence que l'inquiétude
de Monfieur Lifimon ne fera que paffa-
gere. Au furplus, après avoir fait tout
mon poffible pour lui faire entendre raifon, il fe tourmentera de cette idée fi
long-tems qu'il le jugera à propos.

SCENE XVI.

JULIE, Madame LISIMON.

JULIE, *avec vivacité.*

ROsette vient de me faire part d'une chose qui, je vous avoue, ma mere, me cause une grande surprise.

Madame LISIMON.

Rosette ! Est-ce qu'elle n'est point encore partie ?

JULIE.

Non. Et dans l'instant même, mon pere vient de lui dire qu'il falloit qu'elle restât encore ici quelques jours.

Madame LISIMON.

Je vois qu'il faut que je m'attende à bien des importunités !

JULIE.

Mais ma surprise est telle que je n'en puis revenir. Comment donc, ma mere ? On dit que ce n'a jamais été pour moi que Lélio est venu ici ; & que sensible à à votre mérite & à votre estime, il n'y est jamais venu que pour vous voir !

Madame LISIMON.

Ma fille, quand on a eu le malheur d'écouter des impertinences, il ne faut pas, du moins, être assez sotte pour les venir rapporter.

JULIE.

Je vous prie de me le pardonner, ma mere; mais la trahison est assez grande, pour que vous me permettiez de m'en plaindre. Rosette assure que c'est injustement qu'on la chasse; que les sentimens secrets de Lélio lui étoient connus, & qu'elle avoit toujours cru devoir, là-dessus, garder le silence.

Madame LISIMON.

Mais, en vérité, je ne sçais pas ce que tous ces gens-là veulent me dire.

JULIE,

Si tous les hommes sont d'un caractere aussi faux, ils sont bien méprisables. Qu'a-vois-je beso n qu'il me trompât ? qu'il parlât de m'épouser ? enfin...... qu'il cherchât à me rendre sensible? car, offensée comme je le suis, je ne puis m'empêcher de parler ingénuement devant vous, ma mere. Le trait est si perfide de sa part, & si humiliant pour moi, que je ne crois pas que je le puisse supporter. Ce sont de ces injures qui ne se pardonnent pas. Mon cœur est blessé mortellement; & cette fourberie, que je ne puis concevoir, m'inspire une indignation qui surpasse de beaucoup toute l'estime que j'avois auparavant pour lui.

SCENE XVII.

Madame LISIMON, JULIE, UN LAQUAIS.

LE LAQUAIS.

Élio est là-dedans, Madame, & demande si vous voulez lui permettre de paroître.

Madame LISIMON, *après un tems.*

Lui permettre de paroître? ...... Hélas ! je ne sçais ..... Que je suis malheureuse, & que l'embarras où je me trouve est désagréable ! Si je le refuse, on ne manquera pas de me le reprocher, & de trouver à cela du mystere. Que je le reçoive, je serai ensuite accablée de mille interrogations fatigantes.....

JULIE.

Eh ! ma mere, pouvez-vous balancer ? Par pitié pour moi, ayez une explication avec lui, & voyons ce qu'il osera dire.

Madame LISIMON *au Laquais, en haussant les épaules.*

Il est le maître.

SCENE XVIII.

LÉLIO, Madame LISIMON, JULIE.

LÉLIO.

QUelle satisfaction, Madame, & quel soulagement pour moi dans mon malheur, que vous vouliez bien me permettre de me présenter encore devant vous! Je ne crains point, même en présence de témoin, de vous en marquer ma reconnoissance.

JULIE.

Si ce témoin vous importune, Monsieur, il en est bien mortifié; mais il se croit ici nécessaire.

Madame LISIMON, *fierement.*

Je ne vous permets, en vérité, ni ne vous empêche de paroître. Mais après ce que mon mari vous avoit dit, après les ordres que j'ai donnés ici, & la façon dont je vous ai déjà reçu, que voulez-vous?

L É L I O.

Il eſt tems de vous avouer, Madame, ce que juſqu'à préſent j'avois cru devoir vous taire, quoique j'euſſe pu vous le dé-clarer ſans vous offenſer , & ſans donner une mauvaiſe opinion de mes ſentimens.

J U L I E, *à part.*

Que va-t-il dire ?

L É L I O.

Je ne ſçais ſi vous croirez que je parle avec ſincérité ; mais je ſuis forcé de vous dire, (*affectant un air un peu petit Maître.*) qu'à l'égard de Mademoiſelle votre fille... jamais je ne me ſuis flatté de l'obtenir.

J U L I E, *à part.*

Il eſt donc vrai ! le fourbe !

L É L I O.

Ce n'eſt pas que je ne rende toute la juſtice qui eſt due à ſes charmes & à ſon éducation ; mais dans le fond de l'ame, je ſuis du nombre de ceux que le mariage effraye. Vous m'allez demander pourquoi je me ſuis préſenté comme un homme qui demandoit à l'épouſer ? c'eſt une faute que j'ai faite par un excès de délicateſſe, c'eſt une faute que j'aurois pu éviter ; car on ne devroit point avoir honte de décla-

rer

rer ouvertement, à quelque perſonne que ce fût, un ſentiment pur, & qui n'a rien que de reſpectueux. C'eſt une faute que l'ombrage & les injuſtes ſoupçons de la plûpart des maris m'ont fait faire. Cependant, il ne ſeroit pas juſte que cette faute fût, en aucune façon, nuiſible à Mademoiſelle. Je ſerois au déſeſpoir ſi cette conduite de ma part alloit éclater dans le monde; & même, je vous demande en grace qu'il me ſoit permis de paroître lui rendre des devoirs encore quelque tems, pour ne rien donner à penſer ſur ce qui ſe paſſe aujourd'hui, & pour pouvoir inſinuer, petit-à-petit, que des intérêts de famille ſont les motifs qui empêchent ce mariage.

JULIE, *à part.*

Fut-il jamais de perfidie ſemblable !

Madame LISIMON.

Je n'entends pas bien clairement, Monſieur, ce que ſignifie un ſentiment pur & reſpectueux dont vous parlez.

LÉLIO.

C'eſt ce ſentiment que je ne devois pas vous cacher, Madame; c'eſt cette ſatiſfaction que l'on a de vivre tous les jours

avec une perfonne d'une probité douce &
aimable : ce fentiment qui naît de ces con-
verfations fages & fpirituelles, qui, en
amufant, font aimer la vertu : ce fentiment que font naître un caractere refpec-
table & mille bonnes qualités, que, fans
en impofer, je puis dire que vous poffé-
dez plus que qui que ce foit au monde.
Je fçais combien une autre efpéce d'attachement vous offenferoit : mais un homme fur qui vous auriez fait une pareille
impreffion, feroit-il raifonnable d'en rou-
gir plus long-tems, & de s'obftiner à ne
vous en point faire l'aveu ?

JULIE.

J'ai peine à retenir le courroux.....

Madame LISIMON.

Mais, tout enveloppée qu'eft cette déclaration ; eft-ce bien à moi qu'elle s'a-
dreffe ?

LÉLIO.

Je n'ai rien dit qu'il ne convienne, je
crois, de vous faire entendre.

Madame LISIMON.

Retirez-vous. Vous me furprenez beaucoup, je l'avouerai, Monfieur. Retirez-
vous, vous dis-je. L'amitié d'un homme
de votre âge ne fçauroit me convenir, &

foyez fûr que M. Lifimon n'eft point homme à l'approuver.

JULIE, *à Lélio.*

Eft-il poffible, ingrat?.....

LÉLIO, *à Madame Lifimon.*

Une femme doit être foumife fans être efclave. Une fociété honnête eft par tout recherchée, & un mari feroit injufte.....

Madame LISIMON.

Eh! Monfieur.....

LÉLIO.

Vous pouvez décider de mon fort : mais, faites réflexion à une chofe, Madame. C'eft que pour l'honneur de M. Lifimon, pour la gloire de Mademoifelle, & j'ofe même dire pour la vôtre, tout ceci veut plus de ménagement que vous ne penfez.

Madame LISIMON.

(*à part.*) Peut-il fe rencontrer des circonftances plus bifarres ! (*haut.*) Allez, Monfieur, toute la réflexion dont je fuis capable dans ce moment, c'eft que ce feroit un crime à moi de vous écouter.

LÉLIO, *vivement.*

Dites plutôt, Madame, que ce fera un crime de me condamner, de m'exiler fans

C ij

examen, de rompre avec moi fans précaution, de conferver d'injuftes opinions
fur mon compte. Le Ciel eft témoin de
la vérité de ce que je vais dire : oui, Madame, mes fentimens pour toute votre
famille font tels qu'ils doivent être. Je
vous rends, je rends à Mademoifelle ce
qu'à chacune je vous dois. Je puis même
affurer que mon eftime pour M. Lifimon eft fincere, & que fon changement
pour moi a été le coup le plus mortel
que je puiffe recevoir. Voilà quels font
mes fentimens : voilà comme penfe un
homme auffi tendre que malheureux, qui,
fans être coupable, le (*Il regarde Julie,
mais elle ne s'en apperçoit point, parce qu'elle
a les yeux baiffés & un air confterné ainfi
que Madame Lifimon.*) paroît dans ce moment, & qui fe retire avec l'affreufe cer-
titude de n'être point plaint de celle qu'il
aime.

(Il fort.)

SCENE XIX.

Madame LISIMON, JULIE.

Madame LISIMON.

CElle qu'il aime ! Quelle expreſſion ! Que faut-il que je penſe ? Je ne ſçais lequel eſt le plus raiſonnable, ou de croire ce qu'il dit, ou d'en douter. Se peut-il ?… La Lettre auroit-elle réellement été envoyée pour moi ?

JULIE.

Je demeure interdite. Pourquoi cette trahiſon, dont j'étois déjà perſuadée, quand il en fait l'aveu poſitif, me cauſe-t-elle un ſi grand étonnement ?

Madame LISIMON.

Allez avertir votre pere.

JULIE.

Il paroît. O ciel ! que ce revers eſt douloureux pour moi ! Permettez-moi, ma mere, de vous cacher mon trouble.

(*Elle rentre.*)

C iij

SCENE XX.

M. LISIMON, Mde LISIMON, ROSETTE, *qui arrive un instant après & se tient au fond du Théâtre.*

M. LISIMON.

JE n'étois pas loin. Eh ! bien, qu'est-ce que c'est ? Comment cela s'est-il passé ? J'attendois qu'il fût sorti. Je m'impatientois. J'ai eu vingt fois envie d'entrer.

Madame LISIMON.

Monsieur, je n'ai qu'un mot à vous dire, je me fais violence ; mais mon devoir l'emportera toujours sur tout.

M. LISIMON.

L'avez-vous bien maltraité ? Et.....

Madame LISIMON.

Je ne l'aurois jamais cru. Il m'a fait une déclaration.

M. LISIMON.

Plaît-il ? ... Une déclaration dans les formes ? Parlant à vous ? Une déclaration face à face ?

Madame LISIMON.

Cependant avec réserve, empruntant

le voile de l'amitié, & se disant pour vous plein d'estime.

M. LISIMON.

Eh! qu'il aille au Diable avec son estime. Enfin, un nouveau jour se répand donc sur cette affaire ! Voilà donc qui est bien déclaré ! Il ose le dire ouvertement. Il ose persister.

Madame LISIMON.

Jamais, je vous avoue, je n'ai été si étonnée.

M. LISIMON.

Quel coup de foudre ! Parbleu, Madame, voilà une petite conduite fort honnête ! Cela suffit, & je crois qu'à présent vous n'oserez plus soutenir qu'un amour si obstiné ait pu naître sans que vous en soyez coupable en la moindre chose.

Madame LISIMON.

Je me suis attendue à tout ce que cela m'alloit attirer de votre part ; mais en avouant la chose, j'ai fait ce que j'ai dû. Au surplus, Monsieur, il m'a persuadée qu'il seroit dangereux d'éclater dans cette aventure ; & j'espere à ce sujet vous faire faire quelques réflexions, quand le premier mouvement de votre colere sera passé.

(*Elle rentre.*)

SCENE XXI.

M LISIMON, ROSETTE.

M. LISIMON.

EH ! ne comptez pas qu'elle se passe, ma colere. C'en est donc fait ! Qu'est devenu ce renom dont j'étois si glorieux ? Souffrirai-je que mon honneur soit outragé de la sorte ? Eh ! bien, que penses-tu de cela, Rosette ? Est-il un homme plus trahi, plus malheureux que je le suis ?

ROSETTE.

Moi ! je ne sçais là-dessus que penser. Si vous êtes malheureux, nous le sommes tous ici. Et cela, je le dis, sans en excepter celui qui vous trahit.

M. LISIMON.

Mais s'il est malheureux, lui, il mérite de l'être. C'est me payer de plaisantes raisons ! Il est malheureux ! Oh ! je puis bien répondre que son malheur, que celui de tous ceux qui me trahissent, n'est pas au point où il doit aller ; & je vais..... Mais quoi ! que vais-je faire ? A-t-on jamais pu trouver un vrai reméde à cela ? Et que pourrai-je inventer qui satisfasse pleinement la rage & le dépit que j'ai au fond du cœur ?

(Il rentre.)

SCENE XXII.

ROSETTE, *seule.*

LE pauvre homme paye bien cher son injustice, & le mauvais procédé qu'il a eu avec Lélio. Je ne sçais ce que cela produira. Je ne sçais si Lélio aura pu tirer quelque avantage de l'idée que je lui ai donnée. A mon égard, dans tout ce trouble-ci, j'ai essayé, du moins, de me tirer d'affaire. Il y a apparence que ce que j'ai dit à Madame Lisimon passant à présent dans son esprit pour une vérité, elle n'insistera plus pour que je sois renvoyée.

C v

SCENE XXIII.

LA FLEUR, ROSETTE.

LA FLEUR, *en se frottant les yeux & ayant une voix enrouée.*

à part. JE suis bien en peine; aurois-je fait quelque bévue! *haut.* Ah! Rosette, mon Maître m'avoit chargé d'un billet pour Julie. Ma foi, je t'avouerai qu'en chemin je suis entré dans un Cabaret; j'ai bu & bu à outrance. J'ai dormi: j'ai rêvaffé à mille chofes différentes; mais ce qu'il y a de fâcheux, c'est qu'en me réveillant je ne l'ai pas retrouvé, ce diable de billet.

ROSETTE, *après avoir regardé quelque tems la Fleur, qui ne sçait ce que cela veut dire.*

Sçais-tu ce qui est arrivé ici aujourd'hui?

LA FLEUR.

Qu'est-ce que c'est?

ROSETTE.

Premierement, ton Maître, contre lequel on étoit déjà prévenu, est à préfent fans nulle efpérance de jamais époufer Julie.

LA FLEUR.

Que me dis-tu !

ROSETTE.

A mon égard, moi, j'ai reçu mon congé.

LA FLEUR.

Eſt-il poſſible !

ROSETTE.

Pour Monſieur & Madame Liſimon, l'eſprit de divorce s'eſt emparé d'eux, & ils ſont ſur le point de ſe ſéparer !

LA FLEUR.

Eh ! mais, voilà de terribles affaires.

ROSETTE.

Cela eſt vrai, & ſi je te diſois que c'eſt toi qui as fait tout cela ?

LA FLEUR.

Moi !

ROSETTE.

Toi.

LA FLEUR.

Moi !

ROSETTE.

Si tu veux, j'entrerai en détail là-deſſus; mais je t'avertis auparavant qu'il ne fait pas bon ici pour toi, & que de toutes les perſonnes qui peuvent paroître, il n'y en a pas une feule qui ne foit difpofée de façon à t'affommer de coups de bâton fur la place.

L A F L E U R, *ayant un air de réflexion.*

J'aurois volontiers la curiofité d'entendre ces détails ; mais tu me parles d'un ton fi énergique & fi perfuafif, qu'avec quelques idées confufes, il me prend envie de ne rien examiner.

(*Il fort avec précipitation.*)

SCENE XXIV.

M. LISIMON, *ayant son chapeau enfoncé ,* ROSETTE.

ROSETTE.

ALlons un peu .... Mais voici Monsieur Lisimon qui revient. Que son
ame paroît agitée !

M. LISIMON, *à part.*

On dira, si l'on veut, que cela est ex-
travagant ; ma haine & mon dépit n'ont
pu se contraindre, & le mot est lâché.
Quelle extravagance y auroit-il, après
tout ? Quand l'honneur est blessé, n'est-ce
pas de cette façon-là qu'on le venge dans
le monde, & ne suis-je pas un homme
comme un autre ? Allons, cela est décidé.

ROSETTE, *à part.*

Si toute cette aventure n'étoit pas aussi
sérieuse pour nos Amans, & peut-être
pour moi, je m'en divertirois volontiers.

(*haut.*) Que méditez-vous donc, Monsieur ?

M. LISIMON.

Ce que je médite ! Ce que médite un homme de cœur.

ROSETTE.

Eh ! mon Dieu ! vous dites cela avec un si grand sérieux, que vous me donneriez presque envie d'en rire. Il semble..... mais je ne puis me l'imaginer ; il semble que vous allez vous battre.

M. LISIMON.

Croirois-tu que ces réflexions, que Madame Lisimon disoit me vouloir communiquer, ont été des raisons pour établir ici les assiduités de Lélio, des prétextes pour se ménager le plaisir de le voir ? Croirois-tu qu'une femme comme elle seroit devenue sensible ?.... Mais sensible. Eh ! qui sçait jusques à quel point ?..... Tu te moques ?...... Elle n'a pas dit un mot qui n'ait découvert sa folle passion.

ROSETTE, *riant.*

Franchement , pour cet article-là , je ne puis pas , en conscience , dire que je le crois.

M. LISIMON.

Enfin, puisque tu l'as deviné, il est vrai, j'ai chargé un vieil Officier de mes amis.....

ROSETTE.

De quoi?

M. LISIMON.

D'aller sommer Lélio de ma part de se trouver.....

ROSETTE.

Mais voilà qui est inoui! Vous? Eh! juste Ciel! le beau combat! Et que feriez-vous?

M. LISIMON.

Je t'avoue que dans cet instant que mes sens sont un peu plus rassis, il me paroit assez désagréable d'aller me battre, parce que l'on me.....

ROSETTE.

Désagréable! assurément, & très-désagréable. D'un autre côté, comment sortir de-là? Voilà votre imagination frappée de façon à vous faire passer des jours bien misérables! Vous serez tourmenté sans cesse. Je pense à une chose bien simple, qui d'abord ne se présentoit pas à mon esprit. (*à part.*) Si ce moment étoit un moment heureux !

M. LISIMON.

Qu'est-ce que c'est ?

ROSETTE.

En vérité, la tête tourne dans de pareilles occasions, & à peine avons-nous eu le tems de nous reconnoître ! Que quelqu'un qui vous inquiéteroit devînt votre gendre, apparemment vous cesseriez d'en être jaloux ? Lélio ayant paru rendre des devoirs à votre fille, malgré quelques soupçons que vous avez sur la conduite, que ne le forcez-vous de l'épouser ?

M. LISIMON, *vivement.*

Le forcer de l'épouser ! lui ! j'aimerois mieux.... Mais tu n'y penses pas. Lui ! mon gendre ! Songe donc que j'ai conçu pour lui une haine, une antipathie si forte, qu'il n'est pas possible..... non, qu'il n'est pas possible que jamais elles s'éteignent.

ROSETTE.

Cependant ce seroit le seul moyen de vous mettre en repos.

M. LISIMON.

D'ailleurs, il faudroit que je fuſſe un homme bien barbare! Quoi! moi! j'irois donner ma fille à un homme qui a des mœurs..... à un homme comme celui-là!

ROSETTE.

Mais à l'égard de cela, ſi quelqu'un de votre famille doit ſouffrir de ſon libertinage, il vaudroit encore mieux que ce fût votre fille que vous. Rien ne vous eſt ſi cher que vous-même. Plus jeune, elle ſupportera mieux ces ſortes de chagrins; & dès-là elle ſera peut-être moins embarraſſée de la vengeance que vous l'êtes.

M. LISIMON.

Eh! quand je voudrois l'y forcer, l'accepteroit-il? Vraiment tu ne ſçais pas comme penſe cette eſpece de gens-là. Ils ne veulent rien d'honnête, ni de légitime.

ROSETTE.

Mais ſoyez vous-même bien déterminé.

M. LISIMON.

Il ne l'accepteroit pas, te dis-je. Non; il s'en tient à ma femme.

ROSETTE.

Faites-lui la propofition. Parlez-lui ferme. Intimidez-le; il n'ofera peut-être pas refufer; & s'il accepte une fois, voilà votre tranquillité affurée.

M. LISIMON.

Eh! non, te dis-je, il ne voudra pas.

SCENE XXV,
& derniere.

M. & Madame LISIMON, JULIE, LÉLIO, ROSETTE.

(Lélio paroît dans le fond du Théâtre avec Madame Lisimon. Julie suit Madame Lisimon , mais en est un peu éloignée.)

M. LISIMON.

QU'est-ce ?., ... Voici..... Est-ce une illusion ? Ne sont-ce point eux que je vois ensemble ?

ROSETTE.

Ce sont eux-mêmes , & ils semblent causer avec assez de familiarité.

M. LISIMON.

Il lui parle bas. Elle l'écoute. Dieux ! Elle lui serre la main !

ROSETTE.

Vous voyez que ce fera fous vos yeux un fupplice continuel, & vous aurez beau faire. L'occafion fe préfente ; faites-lui la propofition, croyez-moi.

M. LISIMON.

Mais.....

ROSETTE.

Allez, n'héfitez point.

Madame **LISIMON,** *haut à Lélio.*

Je vous en fçais bien du gré, affurément.

M. LISIMON.

Elle lui en fçait bien du gré ! Ciel ! il n'y a pas un moment à perdre, & je n'y puis plus tenir. (*Allant à Lélio.*) Monfieur, voulez-vous accepter ?.....

LÉLIO.

Moi, Monfieur ?..... Non affurément, vous êtes le maître de penfer de moi ce qu'il vous plaira.

ROSETTE, *à M. Lifimon qui la regarde.*

Il ne vous entend pas.

M. LISIMON.

Monfieur, vous n'entendez peut-être pas ?.....

LÉLIO.

Pardonnez-moi, Monsieur, j'entends à merveille ce que vous voulez me dire, & j'ai là-dessus rendu compte à Madame de ma façon de penser.

ROSETTE, *à M. Lisimon qui la regarde.*

Tenez bon, Monsieur Lisimon.

M. LISIMON.

Mais, Monsieur ?....

LÉLIO.

. Quand je le voudrois, vous jugez bien qu'à présent Madame s'y opposeroit.

M. LISIMON, *à Rosette d'un ton pleureur.*

Elle s'y opposeroit !

ROSETTE.

Faites-vous écouter. Parlez haut.

M. LISIMON.

Je vous prie, Monsieur, je vous prie de vouloir bien accepter ma fille en mariage.

LÉLIO, *demeurant surpris.*

Plaît-il ?

M. LISIMON, *à Rosette.*

Hé ! bien ; tu vois bien qu'il ne veut pas.

JULIE.

M'accepter en mariage, hélas ! mon pere pouvez-vous de la forte m'expofer à un refus.

Madame LISIMON.

Malgré tous les différents reproches que Monfieur a malheureufement contre lui, ce feroit un accommodement qui feroit bien à défirer.

LÉLIO.

Madame, je fuis fûr de vous convaincre que les premiers reproches fur lefquels ma difgrace eft venue, font faux. Les feconds, en ce qui regarde mon refpect & mon attachement pour vous, font vrais ; mais les circonftances vous ont fait prendre pour une déclaration d'amour ce qui n'étoit qu'une proteftation d'amitié, & dans mon infortune, je voulois tirer parti de l'erreur. A votre égard, Monfieur, je comptois recevoir un défi de votre part, & c'eft Mademoifelle votre fille que vous me priez d'accepter ; franchement la propofition eft différente. Enfin, Mademoifelle, vous qui craignez d'être expofée à un refus, quelle apparence que cette crainte foit fondée avec

un homme qui vous adore , & qui n'ado-
rera jamais que vous !

(Il lui donne la main.)

M. L I S I M O N.

Est - il possible que j'en sois quitte !

ROSETTE.

O ciel ! d'où revenons - nous !

Madame L I S I M O N.

Ma joye ne sçauroit s'exprimer.

M. L I S I M O N.

Votre joye ?..... Embrassons - nous
donc , ma chere femme , & soyez - moi
rendue pour toujours.

F I N.

LB